句集

狼が啼いた夜《よ》

田村道子

砂子屋書房

＊目次

II

装本・倉本　修

序文

田村道子のデビューは衝撃的だった。大らかな土の匂いが立つ言葉で読み手の言葉の貯蔵庫を叩いたばかりではない。読み手は心が揺すられた。「岳」入会は二〇一五（平成二十七）年、四か月後には巻頭。作品を掲げる。

遥かとは三河ちやらぼこ秋の昼
秋の蛇日当りにある骸なり
流星やナホトカを行く見えぬ旅
流星や無名の鬼のこゑを追へ

「三河ちやらぼこ」とは三河の祭囃子で演奏される太鼓のリズムを称する。母音〈ａａｏｏ〉が実に明るい。

そこが、三河人の開けっぴろげの人のよさを思わせる。作者の田村道子の人間像が直ちに思い浮かび楽しい。

三河は作者の故郷である。秋のいい日に遥かなふるさとを懐かしんでいる。

淡々とした郷愁を託した句であるが、句はそれだけではない。底流に自己批評がある。

「三河ちゃらぼこ」は、三河人のいい加減さ、適当な過ごし方を彷彿とさせる方言の由。私が推奨する地域の季節の言葉「地貌季語」がいっそう身近になった思いである。

上掲句にはどの句にも不思議な謎がある。

冬眠に入ろうとして、いのち絶えてしまった秋の蛇。生きものの死を見つめる静かな眼が感じられる。

シベリアからの抑留者が日本本土への帰国を待って流星に一縷の願いを託したナホトカの地。ところが七十年経った旅の時間は残酷にも何も見せてくれないのである。

私にとり生きるとは言葉探し。流れ星を仰ぎながら執りつかれた鬼の声を聴く執念のようなもの。一句からは、田村道子の自問自答の迫力を感じる。

田村道子は俳句入門以前に詩人として知られた。優れた詩集を持つ。なぜ俳句なのか。本人に伺ったことはないが上掲の「岳」との出会い、当初の作品にすでにそれとなく暗示されているのは、わが俳句は方言や俚言など地の言葉を通して民衆が貯えてきた「地霊」にまで迫る伝承を明らかにしたいというのであろう。田村道子の俳句の言葉からの衝撃とはそんな共感であった。

あの山に冷つけえあると秩父の子
カミナリ草摘んではならぬ鬼の花
冬ざれの会津ゆつたて鳥となる
ゆんたくの長寿自慢や島らつきよう

「冷つけえ」は氷柱を指す秩父の手摑みな俗言である。少年金子兜太が次々に育つ秩父山中の宝物賛歌のようだ。「カミナリ草」は曼殊沙華の三河方言である。摘めばどんぴしゃっと落雷に見舞われるのか。それが「鬼の花」とは怖しく土臭い。死人花とも呼ばれ、嫌われものの俗称に通うタブーがあるのであろう。「会津ゆつたて」は切ない会津の俚言である。山へ入り、逢うことが叶わない相手を思って木に懸想文を結わえる風習である。生きている者だけではなく、すでに冥界にいる者をも誘いかける地貌の言葉に胸が疼く。

「ゆんたく」は沖縄方言でおしゃべりの意。安里屋結《あさとやユンタ》など作業唄として唄われてきたものか。島辣韭を食べ、精を貯え、口からは長寿比べの出まかせを言いあう。

どの句も土地の暮しの精気を汲み上げる言葉だ。現代の流行りの方言の類ではない。

ことば探しは「餓鬼を見せたり、菩薩を見せたり」「修羅」の場に身を曝すことだという。作者が「岳」ケルン賞を受賞した折の言葉をここに記して置きたい。

春の蜘蛛なり全身の好奇心
壺焼食む人間力のまだ足りぬ
きつねだな彼の世へつなぐ海のうへ

「全身の好奇心」とは作者自らの言やよし。その意欲を讃えたい。しかし、好奇心旺盛という一途な探求心だけでは言葉の魔界の鬼神を動かすことはできない。栄螺の壺焼を食べながら、「人間力」と呟く。辛抱である、忍耐である。長い修練の果てに偶然の僥倖を招く言葉の力が人間力ではないか。「きつねだな」（蜃気楼）をも動かし生者と死者とを繋ぐ靭帯も人間力の賜物であろう。作者にはそれが期待できる底力がある。

三河は江戸天明年間の旅行家にして、地誌にくわしい菅江真澄を送り出した国である。田村道子は真澄への憧れから真澄の歴訪した蝦夷地を訪ねる。渡島半島の和人地（和人集落）の北限の地、久遠《くどお》や旭川でのアイヌとの交流は愛情に満ち、たくましい。さらに千三百年前に網走辺にいたという北方の少数民族モヨロ人遺跡への関心は涙ぐましいほどだ。三句を挙げる。

海明けのピリカと帰る漁師かな
風五月アイヌメノコは鶴を舞ふ
春めくやモヨロ遺跡の首飾り

いずれも心洗われる句である。流氷が来てオホーツクの海が春を迎える。海明けの美しい光を満身に沖から漁師が帰ってくる。「ピリカ」とはアイヌ語で美しいとの意。
「鶴の舞」（サロルンリムセ）とはアイヌの女性（アイヌメノコ）が鶴の飛翔を幸せのシンボルと自然を讃えた歓びの舞踏である。釧路湿原の五月の風が最高のステージを人界に齎す。

遺跡に残された首飾りを介して北海道の先人モヨロ文化を追憶する遥かなる意思への目覚め。爽やかな女心よ。

田村道子の地霊探訪はアイヌ族への親愛ばかりではない。みちのくの多賀城の荒脛巾《あらはばき》神社から吉野の天川村へ。あるいは奄美大島から沖縄本島の久高島や慶良間諸島へ。さらに東南アジアのメコン川に潤うラオスへと八面六臂の目が回るほどの行動力に驚き、胸がいっぱいになる。

私は静かに目を瞑る。すると浮かんでくるのはこんな句である。

風の実が落ちて梅雨入となりにけり
天川《てんかわ》村の風の実を呼ぶ青田かな

句には注が付く。「風の実」は祖母りつの口ぐせとある。風の実とは見事な鄙言葉。風が熱し、おだむことで雨を呼んだものか。吉野の地霊が雨粒ひとつひとつにも籠る青田が目に浮かぶ。

さすがにと言おうか、田村道子の近詠を私は虚を突かれた思いで、幾度も反芻した。

手を振って母呼び出だす大花野
生きるとは風を呼び込む草の絮
癌ぐらゐなったわ飛蝗《ばった》高く跳ぶ

最後の句には正木ゆう子の〈癌ぐらゐなるわよと思ふ萩すすき〉が後注に付く。

秋の大花野は母の棲む冥界であろうか、或いは作者が佇む花野へ若き日の母を呼び出す幻想であろうか。

私は草の絮。風に乗って故郷三河を飛び出し、北はオホーツク海から南はメコン川まで、地霊ほやほやの言葉探し。「三河ちゃらぼこ」の明るさは癌ぐらいには挫けない天性の輝きを持ちつつある。勇気ある作者を信じている。病の修羅は真実、人間力を鍛えることになろう。

二〇二五（令和七）年　立春

宮坂静生

句集　狼が啼いた夜《よ》

I

十月のはじまり

カミナリ草摘んではならぬ鬼の花

雑巾を縫ふ十月のはじまりよ

秋の蛇日当たりにある骸なり

遥かとは三河ちやらぼこ秋の昼

糸切られ糸また紡ぐ秋の暮

流星やナホトカを行く見えぬ旅

流星や無名の鬼のこゑを追え

鰭酒やみな善きひとの顔となり

鰭酒やほとほと遠きこころざし

山道などの立木に結び残しておく置き文

冬ざれの会津ゆつたて鳥となる

鳥形の神よゆつたて山眠る

能はじめ

あらはれて背を正したる初浅間山

少年の直面の声能はじめ

奥三河

鬼の衣脱ぎて夜明や花祭り

鬼と人こころの間合鬼やらひ

水中花

二〇一五年～三河の出、菅江真澄に惹かれて
「遊覧記」に記された土地を訪ねる旅、始める。

卒業の永き一日胸の花

千曲《ちようま》川《がは》卒業の子を輝かす

朧夜やデルボーの裸婦独り占め

草焼けば炎は人を追ふ風走る

悉く忘れたき日の鰻飯

村祭りひつつみ汁を振る舞はれ

水中花いちばんきれいだつた水

二〇一六年、ドイツ・バッハ音楽祭へ

緑陰や普段着で聞くレクイエム

まるめろの月

息つめてまるめろの月拝みたし

黒犀の尿まつすぐに秋の昼

ここに来と広がる空や草雲雀

抒情歌を唱へひてひとり深む秋

煤逃げや詩人の女房居ないふり

二百余年舞ふ太神楽春立ちぬ

あの山にひやつけー《氷柱》あると秩父の子

山蔽ふミモザは大蛇たたら踏む

白い胸

翅音にはじまる朝や灌仏会

子を思ふせせらぎの音子供の日

かすみ草胸いっぱいに浅田真央

風の実が落ちて梅雨入となりにけり
「風の実」は雨粒、祖母りつの口ぐせ

傷つけることばかりして草蜉蝣

蜘蛛下がるグレタ・ガルボの白い胸

正中線

白鳥伝説槐の花の降り止まぬ　海野宿

方舟に乗せてやりたき蛞蝓

鯔《ぼら》の飛ぶ百を数へて帰れない

忌野清志郎月を抱きて徘徊す

騒ぐ椋鳥ここぞ悪妻棲む一樹

ひとを恋ふこころころころ小楷の実

桃割つて臍につながる正中線

みどり児に満月降りてくる産屋

木下晋・鉛筆画展

ハルといふ瞽女の腰巻冬ざるる

眠つてはならぬとうたふ冬の貌

鬼祭り

あるまじろほどじんはりと初湯かな

大ごつそ風呂吹き蓋を持ち上げる

冬の寄生木とは坂上がる馬の首

はるや春タン切り飴の粉まみれ　豊橋鬼祭り

羞い顔忘れてつかむ鬼の飴

椿の海

櫓音聴く椿の海の記憶かな

悼・礒山雅先生
雪解風このレクイエム先生に

菩提樹の花散る後ろすがたかな

ランナーの孤独のゴール夏近し

盆提灯

目瞑る馬霧には音があるらしき

武蔵野や時にぶつかる蝶の道

朧月身ぬちの鎖しばし解く

回想、会議

会議室われは海月と沈む櫂

鰻飯母は何べん食べたたらう

父の日や写真一枚無き父も

梅雨深し爬虫類顔揃ひけり

家族といふ盆提灯のやうなもの

萬の手

祈りのうた充ちる白夜よ難民よ

二〇一五年、家人とフィレンツェへ

胸腺をのぼる蜘蛛の子ダビデ像

大百足誰もさみしき足を持つ

流れ星親の殺めし子を返せ

子を護る萬の手欲しき秋の暮

代行バス

除染とふ土の葬《はふり》よあかのまま

ビリー・ホリデイ曇《どん》華《げ》花束捧げたし

曼珠沙華一花ごとに拝み過ぐ

たてがみも翼もなくて芒原

秩父夜祭

狐の嫁入り破芭蕉を傘とする

石鏃や猪とる山の呻き声

うたひながら降りてくる雪聴こえます

不機嫌を宥め大根炊く夜かな

神の掌のやうに伸び来る冬の霧

狼よ来よ秩父夜祭山の神

著書『無言歌』を開き

横顔の築山登美夫春待たず

春たけて土偶の口はへの字なり

豌豆の花弁

眩しかり上野千鶴子の春コート

一陽来復笑ひ袋の紐解きぬ

花烏賊の生きて身の透くあはれあり

丸ビルや桔梗手に提げ石垣りん

トゥーランドット聴きて卯の花腐しかな

花大根母を洗ひて送りし日

母・十三回忌に想う

豌豆の花弁のやうな母の骨

抱いてやれぬ赤子泣きをり梅雨の町

母留守の遠き道のり月の暈

蝮草胸の悶への緋色濃し

春の林檎は縄文のかたちかな

鉄塔のやうにぎしぎし建ちにけり

親のなき子は母と書く七夕紙

緑揺るる矢内原伊作忌日の来

塩尻、釜井庵・菅江真澄

日盛りの桔梗が原や真澄の忌

八月尽わたしを映し歪む扉《ドア》

ゲルニカの目がこちら向く脂照

ぼた山を知らぬ少女と踊りの輪

遠き日の踊り櫓はすぐ消える

男らの帰省に混じるリュックの朱

曼珠沙華神の寄りみち後に咲く

烏瓜どこもおもてといふ一個

いちじくは仏の涙かもしれぬ

新蕎麦やいつもこころに詫びる人

落葉焚き貧乏神と笑ふ神

実朝首塚冬山に背を向ける

冬至のかぼちゃ

はらからは冬至かぼちゃのやうなもの

人間の曖昧な鼻マスクせよ

求愛の鳥たちに汲む冬の水

東京の貧困女子へ年玉を

冬の朝日街を洗ひぬ吾を洗ひ

松本飴市未の刻のトロンボーン

マルゼンに句集の並ぶ淑気かな

春の林檎は老いた詩人の台所

夏目坂

青菜積む角《かど》より春の夏目坂

地虫出づユダにも吾にも指二十

長き手を伸ばす陽炎隠岐の島

黙禱のサイレン蟬の声止めず

拭つても拭つても湧き上る溽暑

無花果は神の涎のごとき形《なり》

ときどきはうつつの国の秋の蛇

身に沁むやあらひと神の語る飢ゑ

ゆるく持ち高くたかくへてんと虫
来世のわれは刺羽が摑むもの

白詰め草

れんげは母白詰め草は去りし父

曼荼羅絵すみからすみを母はここ

天ぬけてぽつかり生まれたての虹

八月のまんま動かぬ三輪車

銀紙の首折る鶴よ終戦日

ひらく傘入ってらっしゃい秋の蝶

海やっちゃー天の川まで行くんかな
悼・岡井隆

うたよみの花野に残す前衛論

蜃気楼

きつねだならうそでねえべなもともどせ

小鳥待つ

ここちよき疲れのかたち蛇の衣

大海原苗の色なる鑑真忌

終戦日ガラスの箱の襤褸一片

星明り草のごとくに息したき

桔梗や桐生悠々忌を修す

身を折りて眠るトラック鉦叩

風あをき小諸日和やくるみ餅

月の夜は泣く母を抱くわらべ唄

神様の花火や天に鞠をつく

花火果つ山の魑魅の戻り往く

雨降りてみな雨のいろすすきの穂

小鳥待つ月のみどりとなる日まで

おもしろきかたちに沈み冬至風呂

初しぐれ大虚率鳥のひよこひよこと

紀伊山嶺果ての二十日の頬かぶり

熊野川花汲むやうに若水を

信濃国分寺

八日堂縁日冬の蠅が頭に

枯木立鳥呼び寄せる息をする

いくたびも河を渡りぬ蜃気楼

古希近し田螺はぬるい水が好き

胸もとをひらけよ鶴の帰り行く

絵はがき届く
春を待つ阿蘇のカルデラ草小積

悪相の人類史

やはらかな胸へひと粒豆ごはん

おほむねは愛しき夫よ冷し汁

悪相の人類史なり鱧料理

悼・西村賢太

闇の梅雨苦役列車は音もなく

月見草名残りとなりしでんでら野

天の河うれしき夜は遠ざける

戦後詩やかなしみ拭ふ青岬

北川透さん受賞

あかき腹

自我なにぞ蝶螈のけぞるあかき腹

わたくしを脱ぎたき日暮れ新樹光

御器かぶり平和は隅に逃げやすし

一日一句蕃茄をかじるやうにかな

鷗外忌無言のドナウ風の波

向日葵を小鳥ついばむ葬あり

産土や秋待ちきれずひつじ雲

はぐれ鳥来るや初秋の荒羽羽気

この道をゆけ

義仲寺

保田與重郎の墓所へ白萩散りにけり

見えぬものいつも手探り流星群

いつからの夢の狗尾草《ゑのころ》揺れどほし

この道を行けと聞こゆる草雲雀

寒林やいつか帰る日かろやかに

隠岐の灯やいざ凩と帰りなむ

仰向けの擂鉢十二月八日

炊き出しを照らす明りや聖樹の灯

かくれんぼのやうな逝き方冬銀河

蕗の薹友やはらかき耳朶を持つ

蛍烏賊

春の蜘蛛なり全身の好奇心

葦の角吾の尾骶骨むづ痒し

明日葉のはみだすリュックしどけなし

壺焼食む人間力のまだ足りぬ

裏切りを悔いるユダの目螢烏賊

牛の目の闇の深さよピカソの忌

さくらの夜

さくらの夜こころ放てる時間《とき》は疾く

啓蟄や夫は泣き虫じまん虫

春一番息呑む新聞記事訃報

父と子の煮干しを毟る雛祭

波が岩攫って行くよさくらの夜

骨にいのち言葉にいのち復帰の日

健次忌の路地に溢るる邪鬼の顔

糸瓜

お揃いのハンカチーフも一志さん

悼・一志貴美子さん

夏草の流れて西部邁ふと

死者生者炎《ひ》を見詰め合ふ花火かな

懲らしめるひとゐて鼠花火跳ぶ

字余りのやうな糸瓜のぶんぶらん

悼・中里結さん

一行《いつかう》の眼差しふかし白桔梗

風は西風に変わるや遠く春の森

もう木霊返さぬ星か晩白柚

月のよく見えるところへ枯蟷螂

秋惜しむスワンボートの疊む羽根

やはらかなものつつみたる毛糸かな

蓋取ればひりひり十二月八日

おつぱいや聖夜の像に抱かれて

冬の守宮

はじまりを頑張る夫の煤払

夫の爪切るも良縁年の内

冬の守宮落ちるかなしみをかしみよ

子の産みし子を慈しみ去年今年

凩やときどきあなたなのでせう

小鳥呼ぶ椅子の木目や春深し

いつか蜘蛛になつてぶらぶら子沢山

浅蜊売

猫の日のショパンの朧暮れにけり

ふるさとやリヤカーを曳く浅蜊売

哀しみの金芝河詩集みどりの夜

蝮草身に滾るもの吾にありや

終戦日影を流して渡る川

被爆ドーム夏空高く暗く立つ

落葉焚き壊れさうなる吾を放つ

母の掌の老いてうつくし風露草

II

モヨロ遺跡

小樽の友人高橋秀明さんが企画した吉本隆明忌（横超忌）記念講演会「加藤典洋」を聞き、そのまま旭川経由で網走「北方民族博物館」へ。駅前のモヨロ人像に驚く。

海明けのピリカと帰る漁師かな

吹雪夜のなに呼ぶ右手モヨロ像

春めくやモヨロ遺跡の首飾り

サハリン少数民俗資料館「大切なものを収める家」
ジャッカ・ドフニ幣奉る熊送り

漁網《あみ》の雪消え太古の朝へ戻るごと

谷地坊主　スゲ属の株、密集して坊主頭のように盛り上る

釧路へ向かう車中、谷地坊主を初めて見る

やはらかな風呼んでゐる谷地坊主

旅の安全祈

秋発つ日小石二つに水かけて

山嵐来るぞ鬼節《おにぶし、遠雷》が鳴るぞ

熊除けの囲む環状列石《れっせき》雪沓欲し

ううううと雪打つ遺跡窮屈ぞ

一日を熊描く画家となりたきよ

天に抛る雪玉小さく戻りけり

雪を払えばわたしの中に川がある

一月のうごかぬ空や鬼房忌

石狩川の木の股裂きの犇けり

春の水とは羊水のやうなもの

蒲公英を踏むなよ出口かもしれぬ

風五月アイヌメノコは鶴を舞ふ

木皮袋《さらにぶ》に独活詰め萱野茂の忌

大虎杖《どぐい》掻き分け来たか老狐

斗南藩墳墓の地　下北半島むつ市田名部斗南岡

神居るとひたに拝まむ大茅の輪

海霧冷えの浜に夫呼ぶ灯りかな　昔アイヌの女性たち

毛帽子のつば上げ啜るじゃっぱ汁

雪暗の荒ぶ海底遠くなり

下北半島は手拍子誘うじゃっぱ汁

着ぶくれて易国間《いこくま》村のボンカレー

マフラーをはずして斗南《となみ》藩資料館

どんぶりの鉈漬けでんと小正月

みぞれからいつしか雪へ乳房固く

半島に生きて卒寿や鮫の臭

詩の卵

渡島半島

野生馬に春は来にけり椴法華村《とどほっけ》
理想郷《イーハトーブ》旅するやうに雪に鹿

姥百合を掘りて二風谷春近し

詩の卵ぽこんぽこんと蕗の薹《ちゃんまいろ》

雪兎

吹き渡る風や穂仁王《ほんにょ・稲干し》のほうと息

雪晴や蝦夷栗鼠に置く小楢の実

母を呼ぶ声のひゆるひゆる雪兎

求め合ふ愛は不器用雪の鶴

雪兎吾にみえぬもの見てをりぬ

眼裏を離れぬピリカ火の神忌

苧麻を撚るアイヌメノコよ火の神忌

きつねむすび　葉先が片寄れに結ばれた葦、豊作の予兆

阿弖流為《あてるい》や口をへの字に春の丘

白梅の咲くところ水わたりゆく

きつねだな彼の世へつなぐ海のうへ

越後では「親鸞上人のムスビアシ」

惜しむ春きつねむすびに脚とられ

牛と土眠るフクシマ春あはれ

天の川ほとり　天川村、吉野へ

三輪山にお杖を返す夏はじめ

総身に月光かぶと虫のぼる

ぐいと出る丹生川上の祭笛

熊野路や巡りて天の川ほとり

胎蔵界抜け出でて空秋高し

熊野路や月の鼠の疾く逃げる

天川村の風の実を呼ぶ青田かな

犍陀多《かんだた》のごとく熊野をのぼる霧

八咫烏出でよ南朝《なんてう》皇居跡野分あと

冬のダチュラ

うりずんや海の胎音聴きたしよ

渺茫と六月雨の喜屋武岬

与那国を母とも思ふ大昼寝

二月風廻り《にんがちかじまーい》島に三つの国の旗

島野菜並ぶゆんたく夕長し

炎天や牧師黙する加計呂麻島

蒼きこぶし突き出す雲よ鳳作忌

冬のダチュラ倭寇の船を呼ぶがごと

さがり花夜明の空のわすれもの

オキナワ①

ていねいな挨拶をして花ゆふな

いまおまへ淋しき夜叉の女郎蜘蛛

立ち雲のあかく染まりて魔人めく

苦瓜豚足しりしりわんさ八月来

あつぱつぱ前行く人の腰の揺れ

エイサーの流れ踊りや基地の町

ずしり冬瓜肝つ玉てふ怖さかな

燃える首里城泣く人と泣く寒さ

冬の空掻きむしらるる夜明けかな

粛として残る龍柱神無月

冬の日矢文字とふ弱きものしかし

泣いてなど居られぬ柘榴が割れた
ガジュマルの夏撃たれても焼かれても
この窓を開けよ伊集の花が咲く

夏久高《くだか》島跳ねる少女の島ことば

不発弾ごろり蘇鉄の花は実に

とぐろ巻く供物のイラブ妖怪日《ようかびー》

草蟬を葬送の曲と思ひ聞く

オキナワ②

冬至《とんじー》雑炊《じゅうしー》運ぶ青菜の鍋が山

がじゅまるの葉擦れは嗚咽復帰の日

八月の公設市場《いちば》に兵士群なしぬ
立ち雲や首里よりとどく杭の音
さがりばなさみしき夜は疾く落ちる

ゆんたくの長寿自慢や島らつきよう

青甘蔗やわが胸中のバリケード

慰霊の日紙の小筥に金平糖

あんたれす

清明《しーみー》や慶良間の海に眠る骨

伊江島の灼ける木の陰動かぬよ

青歯朶の垂るる南風原山羊引かれ

揚羽蝶骨掘るひと《ガマフヤー》の息あらく

五臓六腑揺さぶる歌謡《おもろ》豊年星《あんたれす》

いもうとを先に逃して星流る

メコン川

ラオス・ルアンパバーン、未明の托鉢僧の列を待ち
土に座り込む信心深い人々の姿

雨季の雨走る少女のワンピース

メコン川運ぶ屍は燕の子

モン族の少女たとへばアマリリス

大西日メコンくろぐろふくれゐる

はさみ虫逃げろ逃げろよ蟲喰ふ店

誘蛾灯虫落ちて水ながれけり

炎天や相乗り力車吾を揺らす

帰路、ホーチミン

夏真昼地べたに並ぶフォー屋台

壁虎来るチョロン市場の迷路かな

腹ふときメコンの鯰目がまつ赤

反歌

一日また一日歩きて露の秋

冬銀河降るよ吾《あ》の窓ひらけ扉《と》を開けよ

もうすこし一緒にゐやう烏瓜

からすうりわれの追撃これからぞ

笛吹の笛に合はせて露躍る

いつか青空

人間の子のつんと耳立つ野分晴

鳥は空と契るや冬の日の一閃

こんな日のポール・モーリア木の実降る

悼・百々登美子

うたびとと生きて荒地の野菊かな

父母よ変はりはないか春の水

いつか青空羽抜鶏からやり直す

餓死といふ幼の死あり春の闇

鷹化して鳩となりたる少女撃つな

父母よ蕗の薹ならまた遭へる

狼が
夜の桃宙に病みたる星いくつ
黒葡萄癌とのくらし始まりぬ

生きるとは風を呼び込む草の絮

月光に晒されるごと眠る癌

父母を泣かせて遠し天の川

正木ゆう子さんの「癌くらゐなるわよと思ふ萩すすき」を読んで

癌くらゐなつたわ飛蝗高く跳ぶ

からすうり吾の胸の木にしがみつく

手を振つて母呼び出だす大花野

啼いた夜《よ》

手術後の入院中、脳梗塞発症、直ちに手術。
朦朧とした意識下で聞いた音――。狼の声かと。

バナナ駄目秋刀魚駄目駄目癌日記

鬼胡桃鳴るよ命を触れ合ふ音

受話器泣く泣かぬあなたと冬銀河

衣被つるりと剝いて癌退治

心音を確かめて待つ秋の朝

全身麻酔熊穴に入るごとし

狼が啼く夜星ふるべゆらゆらとふるべ

句集　狼が啼いた夜　畢

あと書きに、かえて（男鹿から帰り）

二〇二四年六月、男鹿半島。菅江真澄遊覧記「男鹿五風」の一端を歩く。旅も終盤になって、この半島にも多くの歌碑が残されていることに気付き驚く。山道を、ひょいと入ったような目立たない場所が多い。おそらく真澄はここでも、人々からあたたかく迎え入れられていたのだろう。男鹿の地震（一八一一年）もあり、緊迫した描写もあるにもかかわらず、である。青森の深浦や秋田柳田など先々で、出立を引き止められる。旅の安全を祈り手を振りつづけてくれる人々もいて、真澄はそっと涙ぐんでいる。しかし、旅はつづく。故郷三河を出てのち東北や北海道を巡り遂に一度も帰らない。晩年は秋田で過ごした。享年七十六歳。訪ねた先々に歌碑が残されているところに注目したい。真澄の眼の位置に立ち真澄の視線に視線を重ねて見詰めるとき、様々の生のありようがありのまま受け止められ、ともにいとおしむあたたかさに気付かされる。人々を描写する視点のあたたかさだ。そして、そのあたたかさを生み出す源流は、故郷への思慕ではないかと思うようになった。故郷には父、母がいる。何年が過ぎようと、郷里への思い、父、母への想いを離さない。だからこそ、ことばの手ざわり、肌ざわりが、やわらかい。そのように、思えるようになった自分にも驚くが、あらためて列車の窓から見渡せば、渦巻く雄物川の墨色の景色さえほれぼれとうつくしい。

俳句に向かう、はじまりの場に、宮坂静生師との出会いがあった歓びははかり知れません。主宰の地貌論はどこか真澄に繋がっていきます。つたない散文詩では書ききれなかった世界、眼で見ることの出来ない精神のとびらがひらかれていくような感動を覚えました。感謝申し上げます。

四月になれば大学ノート20冊、俳句べったりの十年の区切りとなります。

昨秋、思いがけない病がみつかり、目下治療中の身となりましたが、俳句は生きるための大切な軸のひとつです。俳句を通して知り合えた多くの句友の皆さまには感謝を。すっかり馴染んでしまった貌の皺を伸ばすような時間が過ぎていますが、きらきらとことばが降りてきてくれるのを待つ幸福な時間でもあります。澄むことよりも大いに濁って太ぶととした句を詠みたい。

宮坂主宰には大変ご多忙のところ、身に余る序文を頂戴いたしました。こころより深く感謝申し上げます。句集上梓では家人、治療では三人の子供の心遣いが身に沁みております。ありがとう。

令和七年　春を待ちて

田村道子

著者略歴

田村道子（たむら・みちこ）

一九五二年九月　愛知県碧南市生
　愛知大学短期大学部卒業。東海郵政局から一九八三年鶴川団地内局（町田市）へ転勤。学生時代に詩人の永島卓氏、北川透氏らに出会い詩を書き始める。「菊屋」「詩歌句」「作業」愛大文学研究会同人誌「あ・KAIDO」等参加。
一九八五年　田村雅之（砂子屋書房）と結婚。
二〇一四年　第一詩集『山姚さがし』出版、２０１７年春・退職。
二〇一七年四月　「宮坂静生の実作俳句」（朝日カルチャー横浜教室）受講する。〈俳句の実作を通して「生きる」ことを考えたい〉という一文に強く惹かれ、様々に教えを受ける。
二〇一五年十月　「岳」俳句会入会
二〇一七年一月　第四十回岳俳句会賞受賞
二〇二四年二月　第二十四回ケルン賞受賞
　現在「岳」同人、現代俳句協会会員

句集　狼が啼いた夜《よ》

二〇二五年四月二四日初版発行

著　者　田村道子
神奈川県厚木市愛甲三―二―一―二〇八（〒二四三―〇〇三五）

発行者　田村雅之
発行所　砂子屋書房
東京都千代田区内神田三―四―七（〒一〇一―〇〇四七）
電話　〇三―三二五六―四七〇八　振替　〇〇一三〇―二―九七六三一
URL http://www.sunagoya.com

組　版　はあどわあく
印　刷　長野印刷商工株式会社
製　本　渋谷文泉閣